BRODY BEAR GOES FISHING

BRODY DER BÄR GEHT FISCHEN

Written and Illustrated by Alvina Kwong

Steve, Halia and Grandma Chan...

For always believing in me.

All bears need to learn how to do bear stuff,
even Brody.

Alle Bären müssen lernen, wie man Bärensachen
macht, auch Brody.

And all bears learn from the best
– their mothers.

Und alle Bären lernen von den Besten
– von ihren Müttern.

Finding food is an important bear lesson.
Brody loves food! Especially fish.
Momma snatches a delicious fish on her first try!
She makes it look so easy.

Essen aufzuspüren ist eine wichtige Bärenlektion.
Brody liebt Essen! Besonders Fisch.
Mama fängt einen köstlichen Fisch, und das gleich
beim ersten Mal! Bei ihr sieht es so einfach aus.

She brings the fish to Brody
   and shows him how to prepare it.

Sie bringt den Fisch zu Brody und zeigt ihm,
wie man ihn zubereitet.

"It's your turn Brody," says Momma.
Brody feels nervous.
He inches forward and jumps into the water.

"Jetzt bist du dran, Brody!", sagt Mama.
Brody ist aufgeregt.
Er beugt sich vor und springt ins Wasser.

PLOP! Brody lands on his belly.

"Try again Brody!" cheers Momma.

"But this time, look for the fish first."

PLATSCH. Brody macht einen Bauchklatscher.

"Versuch es nochmal, Brody!", ruft Mama.

"Aber dieses Mal halte
zuerst nach dem Fisch Ausschau."

Brody looks over the water.

He doesn't see a single fish.

A moment later, one comes swimming by.

Brody dives in and... misses.

He tries it a few more times, but doesn't catch any.

Brody schaut aufs Wasser.

Er sieht keinen einzigen Fisch. Einen Moment

später schwimmt einer an ihm vorbei.

Brody taucht nach dem Fisch und...verfehlt ihn.

Er versucht es noch ein paar Mal,

aber er fängt keinen.

"It's okay, Brody," Momma says, seeing
he's upset. "Climb on top of that rock
over there, and the minute you see a fish swimming
towards you, jump! It's about timing.
You can do it!"

"Das ist nicht schlimm", sagt Mama, als sie sieht,
dass Brody sich ärgert. "Kletter auf die Spitze
des Felsens dort und sobald du einen Fisch siehst,
der in deine Richtung schwimmt, spring!
Es geht um den richtigen Zeitpunkt.
Du schaffst das!"

Brody waits.
Blue Bird shouts, "Don't let the fish see you!"
Wise Owl hoots, "Lean away from the water,
but use your eyes."

Brody wartet.
Der blaue Vogel ruft ihm zu: "Die Fische
dürfen dich nicht sehen!"
Die kluge Eule ruft: "Lehne dich nicht über
das Wasser, sondern nutze deine Augen."

Remembering everyone's advice, Brody plunges into the river...
and disappears.

Er lässt sich alle Ratschläge noch einmal durch den Kopf gehen, springt in den Fluss...
und verschwindet.

"Where did he go!?" exclaims Blue Bird.
Momma looks at Wise Owl with worried eyes.
The river is quiet.

"Wo ist er bloss hin!?", fragt der blaue Vogel.
Mama schaut die kluge Eule besorgt an.
Der Fluss war jetzt ganz still.

All of a sudden, something bursts out of the water!

Plötzlich springt
etwas aus dem Wasser!

But it's not Brody.
Then a dark shape emerges
right behind it.

Aber es ist nicht Brody.
Dann erscheint ein dunkler Schatten
direkt dahinter.

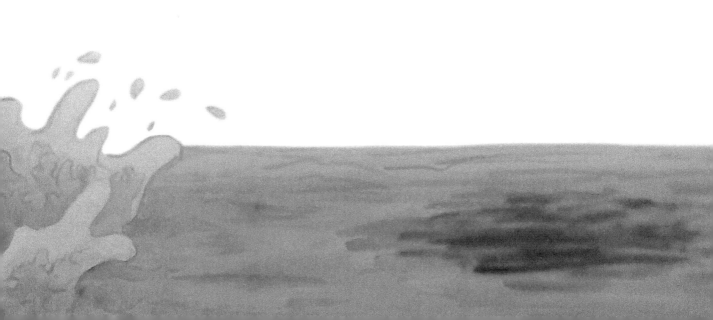

Brody splashes out of the river
with a giant salmon!

"I am so proud of you Brody! You did it!"
shouts Momma.

Brody taucht mit einem gigantischen
Lachs aus dem Wasser auf!

"Ich bin so stolz auf dich Brody!
Du hast es geschafft!", ruft Mama.

That night, they have a feast to celebrate.

In dieser Nacht essen die beiden ein Festmahl.

As the moon lights the dark sky,
Brody dreams of his next great catch.

Als der Mond den dunklen Nachthimmel erleuchtet,
träumt Brody von seinem nächsten großen Fang.

Made in the USA
San Bernardino, CA
17 July 2019